ALFAGUARA^{MR}

INFANTIL

ALFAGUARA INFANTIL^{MR}

ALFAGUARA^{MR}
INFANTIL

MI VIDA FELIZ
Título original: *Mitt lyckliga liv*

D.R. © del texto: Rose Lagercrantz, 2010
D.R. © de las ilustraciones: Eva Eriksson, 2010
Publicado por primera vez por Bonnier Carlsen, Estocolmo, Suecia.
Publicado por primera vez en español por acuerdo con Bonnier Rights,
Estocolmo, Suecia.
D.R. © de la traducción: Maja Bentzer, 2014

D.R. © de esta edición:
Editorial Santillana, S.A. de C.V., 2014
Av. Río Mixcoac 274, Col. Acacias
03240, México, D.F.

Alfaguara Infantil es un sello editorial licenciado a favor
de Editorial Santillana, S.A. de C.V.
Éstas son sus sedes:

Argentina, Bolivia, Chile, Colombia, Costa Rica, Ecuador, El Salvador,
España, Estados Unidos, Guatemala, México, Panamá, Paraguay, Perú,
Puerto Rico, República Dominicana, Uruguay y Venezuela.

Primera edición: noviembre de 2014

ISBN: 978-607-01-2425-9

Impreso en México

Mi vida feliz

Rose Lagercrantz
Ilustraciones de Eva Eriksson

Capítulo 1

Ya era tarde, pero Dani no podía dormir.

Algunos contaban borregos.

En cambio, ella contaba las veces que había sido feliz.

Como aquella vez cuando
era más chica y su primo Esteban
le regaló una rana.

Y la primera vez que logró dar tres brazadas sin ahogarse.

O cuando le dieron su primera mochila para la escuela.

Estaba a punto de entrar a primero y estaba muy emocionada. Toda su vida había esperado este momento.

El verano se le había hecho eterno. Tenía muchas ganas de empezar.

Capítulo 2

Sin embargo, cuando Dani iba
de camino a la escuela, comenzó
a imaginar lo que podría pasar.

¿No haría nada más que
sentarse a aprender
a escribir y a leer?

Eso ya lo sabía hacer. Cuando menos, un poco. Lo había aprendido en el kínder.

—¿Crees que me caerá bien mi maestra? —le preguntó a su papá.

—Claro que sí —respondió él—. Por supuesto que te caerá bien.

—¿Crees que mis compañeros me caerán bien?

Dani había hecho el kínder en otra escuela, así que no conocía a nadie. De repente, sintió miedo. ¿Qué pasaría si no hacía nuevos amigos?

"Si eso pasa, jamás regresaré", se prometió.

—¡Cruza los dedos, papá! —dijo cuando entró por la puerta.

Capítulo 3

La maestra los esperaba en el salón para saludarlos.

Un niño se negaba a entrar.

Su mamá tuvo que ofrecerle dinero para convencerlo.

Cuando todos se sentaron, la maestra dijo:

—¡Bienvenidos a su primer día de clases!

Luego pasó lista.

Los atrevidos levantaron la mano y dijeron "presente".

Dani se atrevió, aunque sintió que casi se desmayaba.

Después, les dio crayolas y papel para que escribieran su nombre.

Dani se llama Daniela, pero sólo escribió "Dani". Una niña que se llama Micaela escribió "Mica".

Otro niño llamado Erik escribió "Albóndiga". Jonathan escribió simplemente "Jonathan".

Todos sabían escribir sus nombres.
Todos, menos un niño. Pero la
maestra lo ayudó.

Cuando la clase empezó a ponerse
divertida, ya era hora de ir a casa.

En la noche, la familia de Dani celebró su primer día de clases.

La familia de Dani eran Dani, su papá y el Gato.

El Gato seguramente pensaba que Dani ya era grande porque iba en primero.

—No fue tan difícil —le explicó—. ¡Sentí mariposas en la panza y fue muy divertido!

Pero aún no tenía amigos.

Capítulo 4

Al día siguiente, Dani estaba
sola en la cancha.

Pasó el primer
recreo mirando
cómo jugaban
los demás.

Durante el segundo recreo vio
a otra niña. También estaba sola.

Las dos se miraron justo
en el mismo instante.

Dani se armó de valor y fue
a preguntarle:

—¿Quieres jugar en los columpios?

Frida, que así se llamaba la otra
niña, asintió.

Ese día —y todos los recreos que
siguieron—, se columpiaron hasta
que sonó la campana.

Pero no querían bajarse
de los columpios.
No querían irse nunca.

Finalmente, la maestra les dijo que se tenían que ir.

—Mañana pueden jugar otra vez en los columpios —les aseguró.

Así que, después de mucho estira y afloja, se fueron a casa.

Capítulo 5

Dani era feliz en la escuela.
Era feliz cuando jugaba
en los columpios con Frida.

Y cuando estaban en el salón
dibujando puestas de sol.
    A las dos les encantaban
las puestas de sol.

Era feliz cuando la maestra decía
que ella y Frida podían sentarse juntas
en el salón.

El único problema con la escuela
era que no les dejaban tarea.

—La primera semana no habrá tarea —dijo la maestra.

Pero Dani tenía tantas ganas de hacer tarea que su papá tuvo que dejarle algunas.

También era feliz cuando la
maestra dejaba que Frida y Dani se
sentaran juntas a comer el lunch.

Siempre comían la misma cantidad
de pan.

Dani se comía los panes
triangulares y Frida, los rectangulares.

En la clase de deportes, cuando
había que trabajar en pares,
siempre se escogían una a la otra.

Y también cuando fueron de
excursión al mirador de la montaña.

Primero disfrutaron de la vista,
luego se comieron el lunch y, después,
Frida sacó la sorpresa.

Era una cajita con dos collares.
Cada uno tenía la mitad de
un corazón.

—Es un collar de mejores amigas
—dijo Frida.

Se pusieron los collares. Dani
estaba feliz.

¡Vaya que estaba feliz!

También fue feliz cuando Frida
la invitó a su casa a jugar con el
cuyo Parrandero.

Y con su hermanita Miranda.

—¡*Pan* a ver! —les gritaba ella cuando la hacían enojar.

Quería decir "van a ver", ¡pero pensaba que se decía "pan"!

Capítulo 6

Estuvo feliz cuando Frida fue a dormir a su casa y fundaron el Club de la Noche.

Es un club que empieza a las 10 y dura toda la noche.

Enciendes una linterna y platicas y comes sándwiches de queso debajo de las cobijas.

Cuando ya no puedes más, rascas la espalda de tu amiga hasta que te quedas dormida.

Dani se sentía feliz cada vez que organizaban el CN (CN son las iniciales del Club de la Noche).

Y cuando acompañó a Frida
a la tienda de mascotas donde había
comprado a Parrandero.

Ahí tenían otros dos cuyos que
eran tan bonitos como hermosos,
y blancos como dos copos de nieve.

Por eso decidieron llamar a uno
Copo y, al otro, Nieve.

—Pregúntale a tu papá si te deja
comprarlos —dijo Frida.

Cuando Dani le preguntó a su papá, él no contestó.

Dani sentía horrible cuando le preguntaba algo y él no contestaba. Era el peor sentimiento del mundo.

Se puso muy triste.

Pero después de unos minutos, otra vez se puso feliz. O tal vez pasaron unas horas. O unos días.

No lo recuerda muy bien porque en esa época era feliz con frecuencia.

Era suficiente que intercambiaran estampas. Dani podía pedir cualquiera.

Bueno, todas, menos una:
la estampa de un ángel que había sido
de la abuelita de Frida cuando era niña.

Dani le ofreció dos estampas
a cambio del ángel, pero Frida
no aceptó.

Le ofreció tres, cuatro, ¡cinco!
Luego le ofreció todas sus estampas.

Sin embargo, Frida no quiso
darle su ángel.

Entonces se pelearon.

A veces se peleaban.

Pero no por mucho tiempo.

Después de un ratito, volvían
a ser amigas.

No había mejor amiga que Frida.
Siempre estaban juntas en las buenas
y en las malas, lloviera o mojara.

Capítulo 7

Tuvieron una semana para aprender todo sobre las frutas y otra para estudiar todo sobre las verduras.

Y, de repente, llegaron las vacaciones de Navidad.

En Nochebuena, Dani fue con
papá y el Gato a visitar a sus abuelos
por parte de su mamá.

Pero después de abrir sus regalos
y de jugar con ellos —sobre todo
con un oso polar peludo—,
empezó a extrañar a Frida.

Estaba feliz cuando regresaron
a la escuela.

La primera semana aprendieron
todo sobre la leche, la mantequilla
y el queso. También dibujaron vacas.

Dani hizo una vaca roja cornuda
En cambio, Frida no dibujó nada.

—¿Qué te pasa? —preguntó
Dani—. ¿Estás llorando?

Frida no le contestó.

La maestra tuvo que explicarle
lo que sucedía: Frida tenía que
mudarse a otra ciudad.

Al escuchar esto, Dani también
se puso a llorar.

Lloró, y lloró, y no dejó de llorar.
Pero el llanto no sirvió de nada.

Capítulo 8

Dani se sentó en su cama y contó todas las veces que había sido feliz.

Pero a veces las cosas no salen como uno querría.

Cuando Frida se mudó, Dani no se sentía feliz.

Se sentía infeliz.

Quería irse con Frida.
Pero tenía que quedarse…

CALLE DEL ABEJORRO

… en la Calle del Abejorro,
donde había vivido toda su
vida con su papá y el Gato.

En la casa amarilla, la que está junto al parque.

Antes, su mamá también vivía ahí, pero ahora ella descansaba en paz.

Así se dice cuando alguien muere.

También se dice que se fue al más allá, aunque, en realidad, ya no puede ir a ningún lado.

"¿Dónde quedará el más allá?", se preguntaba Dani.

Ahora, Frida también se había ido. Pero no al más allá.

Se fue a una ciudad que está a miles de calles y de carreteras de la casa de Dani.

La mejor amiga de Dani ahora vivía a miles de bosques y campos y praderas y lagos de distancia.

Capítulo 9

El día después de que Frida
se mudó, Dani se la pasó
mirando la banca vacía
a su lado.

Ese mismo día, se resbaló
en el recreo y se le rompieron
las mallas y se raspó la rodilla.

Le dolió tanto que de seguro
lo recordaría siempre.

Hasta que cumpliera 35 años
o algo por el estilo.

No se sintió mejor cuando la maestra le puso una curita. Una muy chiquita que se despegaba todo el tiempo. Dani siguió llorando.

Pero no lloraba porque le dolía la rodilla.

Lloraba porque Frida se había ido.

Capítulo 10

Otro día también lloró.
Estaban jugando futbol…

… y Jonathan se le estrelló con
tanta fuerza que la tiró y le abrió
un hoyo en la cabeza.

Papá tuvo que llevarla a Urgencias.
Le cosieron la herida y le pusieron
una venda.

Pero tampoco lloró por eso.
Lloró porque ya no estaba feliz.

Capítulo 11

En la semana del pan aprendieron todo acerca del pan.

Pero ya nada era divertido.

Hasta que, un día, su papá le preguntó si todavía quería aquellos cuyos.

Entonces se puso un poco feliz.
Pero, ¿qué pasaría si ya los
habían vendido?

Al entrar en la tienda, corrió
a la jaula de los cuyos.

Copo y Nieve seguían allí.
Estaban igual de hermosos y
bonitos que la primera vez que Dani
los había visto.

Luego, papá compró una jaula, dos
casitas para cuyos, vitaminas, aserrín
y paja, dos bebederos y platos para
la comida.

Cuando llegaron a casa, Dani
arregló la jaula.

Copo y Nieve entraron en su casa mostrándole la cola.

Eso es lo que hacen los cuyos cuando quieren estar en paz.

Cuando están enojados, castañetean los dientes.

Cuando están contentos, ronronean y sus ojos brillan.

Cuando tienen miedo, sólo chillan. Y van al baño.

En realidad, siempre van al baño. No importa si tienen miedo o no.

Capítulo 12

A veces, Dani pensaba que no había nadie más feliz que ella en el mundo.

Pero no siempre. Cuando menos, no lo era en los recreos después de que Frida se mudó.

Se quedaba en el salón viendo a los niños. Estaban construyendo una ciudad de bloques, legos y maderitas.

Llevaban varios días
construyéndola. Y no dejaban
que las niñas los ayudaran.

Eso les caía muy mal a las niñas.

Cuando la ciudad quedó lista,
Micaela, por casualidad, derribó
una torre.

Y otra niña, derribó un castillo.

Y de repente, Dani se levantó y,
como de pura casualidad, se sentó
en medio de los edificios.

Fue un verdadero desastre.

Con un aullido, los niños empezaron a arrojarles bloques a las niñas. ¡Pero las niñas se los regresaron!

¡Y los empujaron!

Dani empujó a Jonathan con tanta fuerza que él se cayó de boca y se pegó con el piso.

La sangre salió a chorros.

La maestra llegó corriendo. Primero pensó que le estaba saliendo sangre de la nariz, pero luego se dio cuenta de que los dos nuevos dientes de Jonathan se estaban cayendo.

—¡Corran a buscar a la enfermera! —gritó a Vicky y a Micaela.

Después, Dani ya no quiso saber qué pasó. No se atrevía a ver.

Tenía tanto miedo que se escondió debajo de la mesa.

Capítulo 13

Después del accidente,
Dani no conseguía estar feliz
ni un segundo.

En la noche,
su papá salió a ver
a unos amigos
y la abuela vino
a cuidarla.

Cualquier otro día, eso la habría hecho muy feliz.

Su abuela es muy buena y prepara la comida más rica del mundo.

Esa noche, hizo el platillo preferido de Dani: pasta con salsa de jitomate.

Pero Dani no pudo tragar ni un solo bocado.

No dejaba de pensar en cómo había empujado a Jonathan, que casi pierde dos dientes.

Sólo consiguió olvidarlo por un momento mientras veían una película.

Tomó un traguito de agua de uno de los vasos de la mesa.

Entonces sintió algo duro contra su labio. ¡Eran los dientes postizos de la abuela!

Era común que la abuela se los quitara porque la lastimaban.

Claro que, después de eso, Dani no pudo pensar en otra cosa que no fueran dientes postizos.

¿Y si Jonathan tuviera que usar dientes postizos de ahora en adelante?

¡Sería su culpa!

¿Qué podía hacer?

Al final, decidió escribirle una carta.

Hola, Jonathan:

No quise empujarte tan fuerte.

Perdón.

Dani

P.D. Si tienes que usar dientes postizos, puedes quitártelos y ponerlos en un vaso con agua.

Capítulo 14

Al día siguiente, intentó darle
la carta a Jonathan, pero él no estaba
interesado.

Llegó a la escuela con frenos y una
bicicleta que le habían regalado.

Era una de ésas que puedes
empinar como si fuera un caballo.

Fuera de eso, no tenía nada de
especial. Ni siquiera tenía canasta.

Pronto la dejó tirada para ir a jugar a las canicas.

Entonces Dani intentó darle la carta de nuevo.

Jonathan la leyó hasta después
de que ganó tres veces.

—No necesitaré dientes postizos
—dijo—. Mis propios dientes pronto
quedarán fijos de nuevo.

¡Dani por fin se sintió feliz otra vez!

Y más tarde, cuando Micaela y
Vicky la invitaron a saltar la cuerda,
se sintió aún más feliz.

Saltar la cuerda era la especialidad
de Dani.

Ese día logró dar quinientos saltos.
Todo el salón se quedó mirándola.

Capítulo 15

Llegó por fin la semana de las papas y aprendieron todo sobre ellas.

Un día, al salir de clases, Vicky, Micaela y Dani fueron a buscar latas y botellas retornables.

Encontraron montones.

Luego fueron a la tienda para
canjearlas. Compraron chicles con
el dinero que les dieron.

Luego, Dani y Jonathan empezaron una competencia para ver quién juntaba más calcomanías de las que les ponen a las manzanas y a los plátanos.

Las pegaron debajo del tapete en el salón de descanso.

Capítulo 16

Cada día, Dani iniciaba el día escribiendo en su cuaderno de historias. El libro de Dani se llamaba *Mi vida feliz*.

El libro empezaba así:

Me llamo Daniela, pero me dicen Dani.

Tengo el pelo claro. Amarillo dorado claro. Mis ojos son azules. Mi platillo favorito es la pasta con salsa de jitomate y he sido feliz varias veces en mi vida.

Eso era todo lo que había escrito.
Pero todo era cierto.
De chiquita, cualquier cosa
la hacía feliz.
Como tener dedos en las manos
y en los pies.

Le gustaban sus pies.

También le gustaba su panza.

Era suave y agradable.

Y, por si fuera poco, aún tenía
a su mamá.

Cuando era chica, Dani se
quedaba muchas veces en casa
de sus abuelos.

Una noche, su papá la llamó desde
el hospital y le contó que su mamá
ya descansaba en paz.

Dani era tan pequeña que no
entendió lo que él quería decir.

Más tarde, su abuelita le explicó
que así se decía cuando alguien moría.

Pero su mamá no descansaba
en paz.

Le habían salido alas y se había
ido volando al cielo.

Capítulo 17

Su papá también volaba, pero en avión. A Italia.

Y siempre dejaba que Dani lo acompañara. Allá vivía su abuela paterna.

Cada verano, tomaban el avión para viajar a Italia.

El mejor recuerdo que tenía de esos viajes fue de la vez que se sentó en el carrito del equipaje.

Se subió encima de un montón de maletas. De repente, las maletas se movieron y Dani estuvo a punto de resbalarse. Pero su papá corrió y la atrapó justo a tiempo.

¡Su papá siempre salía a su rescate! Qué suerte era tener a papá.

Jamás podría vivir sin él.

Otra vez, cuando estaban
en un restaurante en Italia, Dani
se cayó y se lastimó las manos,
las rodillas y la nariz.

Les dio tanta lástima a los meseros,
que le regalaron un pastel entero
de chocolate.

Dani le convidó a toda la familia.

   Luego, jugó con su primo
Alessandro hasta cansarse y después
se sentaron a platicar.

   Dani hablaba en español y
Alessandro hablaba en italiano.

   —*Fiore* —dijo Alessandro.

Significa flor.

Después dijo:

—*Amore.*

Quiere decir amor.

Dani conocía bien esta palabra, porque su papá la llamaba así: *amore*.

Capítulo 18

—*A**more* —dijo su papá cuando se asomó al cuarto de Dani—, ¿aún no te has dormido?

—No —dijo Dani—. No puedo.

Dani casi siempre se dormía
en cuanto apoyaba la cabeza sobre
la almohada. Pero esa noche no
conseguía cerrar los ojos.

—¿Qué vamos a hacer?
—preguntó su papá preocupado—.
¿Tienes hambre?

—Sí —dijo Dani—, creo que sí.

Dani había escuchado que algunos
niños necesitaban un tentempié
nocturno. Tal vez era una de ellos.

Su papá le sirvió leche tibia
con miel.

También Copo y Nieve estaban
despiertos y la observaban.

Quizá se preguntaban qué
estaría pasando.

—*Amore* —le susurró en voz
bajita a Copo.

Luego le susurrró lo mismo
a Nieve:

—¡*Amore* para ti también!

Pero se supone que estaba
contando momentos felices.
¿En dónde se quedó?

Pues sí, había saltado la cuerda
quinientas veces.

Era su récord personal. Y todo el
salón la había visto. En ese momento
se había sentido feliz.

Pero ya no tenía una mejor amiga.
Sólo tenía otro tipo de amigos,
como Jonathan, Vicky y Micaela.
Y Albóndiga. También a él lo quería.

Su maestra dice que su grupo
es extraordinariamente bueno.
No se caen de las sillas y cosas así.

Quizá se olvidó de Beni. Él era
el que no quiso entrar en la escuela
hasta que su mamá le dio $50 pesos.

Una vez, Beni salió en silencio
del salón y se fue a comprar dulces.
Luego entró igual de callado.

La maestra se dio cuenta y tuvo
una conversación muy seria con él.

Nadie sabe lo que le dijo, pero
no sirvió de nada. Beni seguía
comiendo dulces en clase aunque
estaba prohibido.

A veces, Beni también se arrastraba como cocodrilo por el piso.

Por lo general, después de eso, tenía que sentarse junto al escritorio de la maestra.

Pero faltaba lo mejor.

Lo que se había guardado hasta el final. ¡La carta!

Un día recibió una carta de una ciudad lejana.

Cuando la leyó, se puso lo más feliz que había estado en toda su vida.

La carta decía así:

Hola, Dani:

No puedo vivir sin ti.

Abrazos de

Frida

Y en el sobre estaba la estampa más bonita de Frida: el ángel.

Capítulo 19

Dani respondió de inmediato.

Hola, Frida:

Tienes que hacer un esfuerzo hasta que seamos grandes. Entonces podremos mudarnos a la misma ciudad y vivir en el mismo edificio y trabajar en el mismo lugar.

Podremos trabajar en la misma tienda, o curar a animales enfermos en África o en Australia.

Abrazos de

Dani

P.D. También podemos vivir en tu ciudad.

Pronto llegó una respuesta:

Hola, Dani:

No puedo esperar tanto tiempo.
¿Puedes venir a verme en las
vacaciones de Semana Santa?
Abrazos de

Frida

Y hace unos días, la mamá
de Frida llamó al papá de Dani
preguntando si Dani podía visitarlos.
Mañana salen para allá.
¡Ojalá ya fuera mañana!

Sin embargo, el tiempo no pasa
más rápido sólo porque Dani así
lo quiera…

Copo y Nieve también irán.

¡Por fin conocerán a Parrandero!

Capítulo 20

Papá abre la puerta nuevamente.

—Dani, ¿qué estás haciendo? —pregunta dando un suspiro—. Ya duérmete.

Él también quiere dormir. Mañana la llevará a la ciudad de Frida.

—Estoy tan feliz que no me da
sueño —se queja.

—Conozco un truco —dice
papá—. Si cuentas borregos…

—No, borregos no —dice Dani—.
Es demasiado aburrido.

—Pues cuenta al revés —sugiere
papá—. ¡Cuenta del 20 al cero!

—20, 19, 18… —Dani empieza
a contar, pero sin resultado.

Cuando llega al 17, recuerda otro truco que le enseñó su prima Rosana.

Consiste en cerrar los ojos y hacerse la dormida. A veces, realmente te duermes.

¡Funciona!

Después de poco tiempo, Dani se queda dormida.

Rose Lagercrantz y Eva Eriksson

Rose y Eva empezaron a hacer libros para niños hace más de 30 años, y han trabajado juntas muchas veces. Rose cuenta que lo hacen así: "Primero, decido escribir una historia que Eva quiera ilustrar. ¡Así es más divertido! Mientras escribo, pienso en ella todo el tiempo. Es como si escribiéramos juntas la historia, aunque ella aún no sepa de qué se trata. Cuando el texto está terminado, nos reunimos. Por lo general, nos tomamos un café y yo le leo la historia en voz alta. Ella escucha con atención. Luego se va a casa y empieza a dibujar. Eva no me deja ver las ilustraciones hasta que están terminadas. Y siempre son mejores de lo que yo hubiera podido imaginar. Entonces me siento feliz".

Esta obra se terminó de imprimir en noviembre 2014
en los talleres de **PRO**cosa
S.A. de C.V.
Santa Cruz, No.388, Col. Las Arboledas,
C.P. 13219, México, D.F.